문학과지성 시인선 377

마네킹과 천사

조창환 시집

문학과지성사

문학과지성사에서 펴낸 조창환의 시집

수도원 가는 길(2004)

문학과지성 시인선 377
마네킹과 천사

펴 낸 날   2010년 6월 17일

지 은 이   조창환
펴 낸 이   홍정선 김수영
펴 낸 곳   ㈜문학과지성사

등록번호   제10-918호(1993. 12. 16)
주   소   121-840 서울 마포구 서교동 395-2
전   화   02)338-7224
팩   스   02)323-4180(편집)   02)338-7221(영업)
전자우편   moonji@moonji.com
홈페이지   www.moonji.com

ⓒ 조창환, 2010. Printed in Seoul, Korea

ISBN 978-89-320-2063-1

문학과지성 시인선 377

마네킹과 천사

조창환

2010

시인의 말

　얼마나 더 이 길 걸어야 온유하고 정결한
그늘 만날 것인가. 내가 만난 천사는 그간
허무인 줄로만 여겼던 존재의 밑바닥에 끝내
썩지 않는 옹이들이 맺혀 있었음을 말해주고
있다.

2010년 6월
조창환

마네킹과 천사

차례

제1부

새

놋대접에 맑은 물 담아 시누대 그늘에 놓아두고
아침마다 새 날아와 목욕하기 기다린다

놋대접이 대웅전만 하고
시누대 그늘 찾아오는 길이 천축(天竺) 가는 길만 한

새는 온몸 뒤척여 물찜질하고
지극 정성으로 큰절 올린다

미역 줄기 같은 울음으로 짝을 부르고
햇빛이 찢어져라 날개를 턴다

극락 만나고 떠난 빈 자리
우레 소리 나머지 울려 꽃 흔들린다

마네킹

마드모아젤 양장점 앞을 십 년 넘게 지나다녔어도
쇼윈도 안의 마네킹 셋이 서로 흘끗거리는 건
오늘 아침 출근길에 처음 보았다

툴루즈 로트렉의 「물랭루즈」에 나오는
빨간 스타킹의 비뚤어진 무희 같은
키 큰 마네킹이 돌아 서 있고

「7년 만의 외출」의 마릴린 먼로 같은
젖가슴 늘어지고, 음탕하고
맨 종아리 허벅지까지 드러낸, 백치 같은
거품 많은 마네킹이 마주 서 있다

은사시나무, 여름 달빛에 흔들리는
잎맥 가늘고 여린
바비 인형 같은 마네킹은 고개를 숙이고

안 보는 척하면서 눈길을 주고 있다

입술 삐쭉 내밀며 아랫도리 오므리는
저것들이 구미호 다 된 줄을
오늘 처음 알았다

퇴근길엔
학교 운동장에 세워둔 내 늙은 자동차도
너무 오래 쓸쓸한 어둠 속에 떨었노라고
암내 맡은 나귀처럼 툴툴거렸다

애인 둘

지하철 4호선, 사당역에서 미아삼거리까지
벙어리 애인 둘이 쉴 새 없이 지껄인다

꽃병 든 손 모양 만들었다가
파도 안은 물새 모양 만들었다가
검정 저고리 입고 강 건너편에서 손짓하는
관음보살 닮은
처녀가 말간 암죽 떠먹는 시늉을 한다

트럼펫 부는 소년 모양이다가
얼룩소 따라가며 쟁기질하는 모양이다가
까치밥 파먹는 가을 하늘
까마귀 닮은
청년이
체인 감긴 야생 노루처럼 헐떡인다

좀벌레 같고
앵두꽃 같고

비눗방울 같고
떫디떫은
풋감 같은

말랑말랑한 어둠이
벙어리 애인 둘을 커피포트 속의
알칼리수처럼
따끈하게 데우다가 끓이다가
식히다가 다시 데운다

뭐 도와줄 일 없을까 하고 기웃대던
자루옷 입은 천사는
늘어지게 하품 한 번 한 후
먼저 내린다

애인 둘,
불쏘시개 같은 가로등 따라
날아오르겠지? 오늘 밤

웃고 있네

웃고 있네, 저 얼굴
흰 국화 가지런히 꽂힌 노 없는 뱃전에 앉아
목탁 소리, 연도 소리, 찬송가 소리
양재동 꽃 시장 튤립 다발 같은
삼성병원 영안실 복도
바라보며 웃고 있네, 저 얼굴

한때 인화성 칼날이었다가
한때 간절한 서리꽃이었다가
한때 눈 내린 까치집이었다가
한때 부항 뜬 등판이었다가
지금은 암벽화 같은, 황태 덕장 같은
저 얼굴, 웃고 있네

칼레의 시민인 양 공손하고 근엄한
친구들 바라보며
백야처럼 멎어 있는
저 웃음, 절 두 번씩 받는

낙선 사례 써 붙인 전봇대 같은

얼굴 내려놓고 웃음 혼자 일어나
돌아다보네
물병아리 한 마리
봄 강물 휘젓듯

목탁 소리, 연도 소리, 찬송가 소리
양재동 꽃 시장 튤립 다발 같은
삼성병원 영안실 복도를

이모네 석류나무

이모가 죽자

이모네 석류나무도 말라 죽었다

이모는 늙어

삭정이 되어 부서졌지만

무성하던 석류나무는

한 계절에 따라 죽었다

뜨락엔 햇빛이 남아

빈 절의 풍경 소리를 낸다

저무는 수평선

매듭 풀어져

오지 않고 다녀간 천년*을 기다린다

이모네 석류나무

고양이 돌아오듯

다음 세상으로 살금살금

건너갔다

* 김현 시조 「잠시, 천년이」에서 패러디함.

눈 내린 아침

인큐베이터 안의 팔삭둥이
선주 동생 경주는
호스를 많이 꽂고 있었다

호스들은 너무 가늘고
팔삭둥이는 너무 연해서
천사는 진땀을 흘렸다

제 땀이 호스로 흘러들어가는 것도
몰랐다

눈 위에 찍힌 새 발자국 따라
금잔화 같은 새벽 왔다

너무 작고
쭈글쭈글하고
얼굴에 노랑꽃 핀
아기

굳은 혀로 얼음 핥으며
환해지는 하늘 쳐다보던
천사는

반짝이는 눈송이 하나에
입김을 불어넣고
제 집으로 돌아갔다

낙타

낙타는 제 어둠이
보석인 줄 모른다

시나이 산은 아득하고
돌밭 걸으며 별 보며

낙타는 꿈 밖으로
푸르고 둥근 어둠을 지고 간다

성 카트린느 수도원
떨기나무가 불타고 있다

허공에 찍힌 발자국
천 년에 또 천 년을 더하여

절벽 앞에서
고요 속으로

낙타는 제 어둠이
보석인 줄 알까

성가 양로원

베드로닐라 수녀님

수녀복 베일 밑으로
흰 머리카락 몇 개

국화차 냄새 나는 기도실 들러
연도 책 들고 영안실 간다

말갛게 머리 빗겨 볼 붉은
노파, 안나

마른 구절초
책갈피에서 툭 떨어지듯

팔락
흔들린다

노인들 꽃게 거품같이

낮게 웃는다

바람 희게 기울어지는
성가 양로원

베드로닐라 수녀님
술빵 굽는 주방 들여다본다

석모도

소금 창고가
비어 있다

바람
없는 듯이 불고

젖은 그늘이
종일 공을 굴린다

외포리 지나
석모도

새가 허공에
제 발자국을 황급히 지우며
사라진다

베드로닐라 수녀님

뼛가루 조금

흩어진 바다 쪽으로

종이 노끈 같은 입김

불어 넣는다

갈피

책갈피에서 마른 꽃잎 하나 떨어진다
포르말린에 절인 잠자리 날개 같은
꽃잎 잘 말랐다 깨끗하게 바스러진다

저리 잘 마르려면 필경 천사가 도왔으리라
천사는 책갈피 사이를 들추고 다니다가
기억에서 습기를 말갛게 털어내고
불붙은 심지를 박아 넣었다

거미가 그물 늘인 나무 밑에 엎드려 기다리듯
기억들 오래 참고 삭고 마르고 잊혀지다
마침내 제풀에 지쳐 바스러질 때
책갈피 여는 손 만나 소스라친다

모든 열반도 이와 같아서
부서지는 순간과 갈피 여는 손길의 만남일 따름
제 힘으로 바스러지는 벗어남 없다

無明

우적우적 동백꽃 지고

천리향 그늘 없다

잠 깨며 듣는 새소리

꿈속에 만난 가지에 놀고 있다

수평선

수평선
몸 열지 않는다
바라보고, 바라보고, 바라보아도
수평선, 몸 열리지 않고
단단한 잠이 깊은 침묵을 품고 가라앉을 뿐
가시 많은 선인장처럼 바다는 견고해지고
굵고 튼튼한 등뼈 너머 이상한 춤
지느러미 흔들며 깊은 잠 속으로 사라진
깃털에 싸인 손자국들
병아리 숨소리 같은 저녁 빛 번져올 때
한 삶이 이승에서 이루지 못한 것들
꿈속에 만난
녹슨 등잔 같은 시간의 찌꺼기들
몸 열지 않는 수평선 저 너머로
깊이깊이 가라앉는다

수평선
완강하게 버텨 서 있는

바라보고, 바라보고, 바라보아도
몸 열리지 않는
허망

독도, 적멸

정암사 적멸보궁 빈 방석 오래 바라보다
고요 아득하여 홀로 길 떠나다

너울 출렁이는 검은 바다
괭이갈매기 떼 품어 기르는

해 돋는 섬 독도에 와서, 헌옷 벗어 놓듯
놓아버린다, 오래 그리던 얼굴

빈 배가 겨울 강나루를 끌어안듯이
깊이 품어 안던 얼음 조각

바람이 얼음을 물고
적멸 속으로 솟구친다

그 물!

시인 신현정이 이 세상 떠나기 전날
서울대학병원 11층 복도에는
링거 병 다섯 개가 놓여 있었다
불그레한 물이 탁한 눈물 같았다
얼마나 많은 눈물 배 속에 고여 있었길래
뽑고 뽑아내도 다시 고이더란 말인가
그 물, 눈물 고인, 뽑으면 모자 던질 수 있었을까
물기 없는 모자 하늘 높이 던질 수 있었을까
그 물, 정수기로 걸러내면, 자전거 탈 수 있었을까
자전거 타고 염소 따라가다
아차 구름이었군, 하고 구름 위로 올라갈 수 있었
을까
그 물! 푸른 들판 끝나는 곳까지
버리러 갔을까
그 물, 배 속에 담겼던, 붉은 어혈
뽑아낸 신현정 지금 저쪽 세상에서
냉잇국, 슴슴한, 한 그릇 마시고 뒤뚱거리며
한 줄로 걷는 오리 따라가고 있을까

구멍

낡은 칫솔 같은 목덜미가
싸락눈 맞은 들국화처럼 시들었다

수제비 국물인 양, 멀건, 요구르트를 들이붓던 청년
늙은이 발 오래 주무르다 목에 뚫린 구멍 들여다
본다

구멍에서 흙비 냄새가 났다
오체투지, 때 묻은 생이 엎드려 있다

온기가 몸을 떠나기란 이토록 어렵구나, 늙은이
목에 뚫린 작은 구멍으로 긴 터널이 들여다보인다

질기고 끈끈한 숨이 청년과 늙은이와
기다리는 천사 사이에 황토 빛 강을 만들었다

아무도 모른다, 저렇게, 오래, 기다리는 천사까지도
강 건너, 터널 지나, 구멍 열리면

캄캄 절벽일지, 빛 부신 폭포일지
아무도 모른다, 저렇게, 오래, 기다리는 천사까지도

내시경

내시경으로 그의 혼을 들여다보다
천사는 기겁을 하였다
노망난 늙은이 바람벽에 떡칠해놓은
누런 똥 자국, 메마른 손자국
핏덩어리는 엉겨 붙어 속살이 되었고
옹이투성이의 어둔 길을 따라
녹슨 낫 자국이 여기저기 찍혀 있다
내시경으로 산소를 조금 불어 넣고
천사는 돌아서서 땀을 닦았다
검은 혼은 너무 끈적거려
싸리나무 너머 새 날아오르는 소리
듣지 못한다
산소 조금 들이마셔 눈 희미하게 뜬
혼은 다시 중얼거린다
──당신 때문에 죽음이 안 와.
천사는 내시경을 알코올로 닦고
돌아서서 날개를 벗는다
──죽음이 안 와? 나 때문에?

중얼거리며 쓰레기통을 걷어차다

되돌아와 내시경을 버리고 간다

제2부

飛白
── 황야 일기 1

새 없는 하늘

아득한 바람

소금기 솟아오른

마른 땅, 갈대숲

가슴팍에 흐린 눈썹 몇 금

어설픈 飛白처럼 퀭하고 낯선

시간

은하수와 들불
── 황야 일기 2

박박뛰* 가는 길 밤 깊었다
별 가득한 어둠, 은하수가
마른 풍경 소리를 낸다

어둠보다 진한, 자욱한 안개
지평선 다가갈수록
매캐한 냄새, 눈 아리다

붉은 뱀 같은 들불 한 줄기
몸 비틀며 함부로 꿈틀댄다
진달래 꽃비 오는 서역 삼만 리?**

기막힌 황야 아닌가?
하늘에는 은하수, 땅에는 들불
불현듯 내 안에서 수만 마리 나비 떼가

날아오른다. 살아서
코카인보다 황홀한 황야를 지나왔으니

죽어서 난 어디로 가야 하지?

  * 카자흐스탄 수도 알마티에서 수백 킬로미터 떨어진 곳에 있는
    고려인 마을.
 ** 서정주 시 「귀촉도」의 한 구절에 빗댐.

천 년의 빈터
── 황야 일기 3

그렇게 천 년이 지나갔나
카스피 해 연안 악타우에서 만난
고려인 할머니는 한생을 구름처럼
살았노라 말한다
콜호즈 회장이던 남편은 스탈린 시절
총 맞아 죽고
블라디보스토크에서 타슈켄트까지
한 달 넘게 웅크리고 실려 와서
품고 온 볍씨 뿌려 논농사 짓다
석유 회사 다니는 아들 내외 따라
여기까지 흘러와 지내노라고
처음 만난 동족에게 희미하게 웃었다
내 한평생 천 년도 넘겠노라고
말하며 흰 머리칼 손가락으로 쓰다듬고
보드카 한 잔 마시고 노래 한 곡 부른다
──연분홍 치마에 봄바람이
아버지 고향이 함경도 어디라는
고려인 할머니는 효자 아들 덕에

곱게 늙었다
그렇게 천 년이 빈터로 남아 있어
내 한평생 스산한 그늘 밑에
낮꿈 꾼 듯하다는 할머니
고향 노래 한 자락 붙잡고 산다

붉은 해
―― 황야 일기 4

새벽을 기다리며 뱀처럼 울던 땅
단단하고 차가운 비늘 번득이며
오래 노려본다
저 철판보다 견고한 수레바퀴
피보다 진한 自決
하늘과 내통한 영겁이 봉인을 뜯고
제 손으로 제 심장을 뚫어 흘리는 피
마르고 붉은 땅, 소금 뿌리는 바람
명왕성 가는 길인가
―― 다가오지 마라.
낯선 신호음만 컹컹 울리는
길 끝에 붉은 해가 솟아 있다
여러 세상 헛되이 헤맨
영정 사진 같은 황야 한복판에서
쓴 커피로 혀를 녹인다
돌아보면 마른 국화 비빈 자리 같은
기억들뿐
썩지 않는 잠들이
싸락눈처럼 흩어져 있다

무모한 빛
— 황야 일기 5

까마귀 떼 함부로 흩어지는 하늘
아득한 곳에서
수만 개 바늘 품은 바람 늙은 짐승으로 운다
알마티에서 백 리 길 우스토베 지나 일리 강 따라
소금모래 자욱한 들판 억새 마구 흔들리는
카레이스키 산* 중턱에 서서 무모한 빛 바라본다
어둔 곳에 버린 정액 냄새 같은
흐리고 무겁고 비릿한
녹슨 묘비명
쇳조각 별 달린 러시아식 묘지 아래
토굴 언저리, 들개 짖는 소리 컴컴한
쓰린 시간의 흔적들이 우르르 몰려나와
그림자 속으로 그림자를 드리운다
목숨도 죄가 되던 하늘, 기울지 않는 해
사슬에 묶인 허공이 눈물을 끌어안고
오래 바라본다 저 무모한 빛
악착같이 이 악문 결가부좌
멸치 비늘 같은 구름 비릿하게 번득이는

지평선 너머 보이지 않는 사랑의 뿌리

고약처럼 끈적한

저 무모한 빛!

* 카자흐스탄의 우스토베 가까운 곳 황야에 스탈린 시대에 강제
  이주 당한 고려인들이 토굴을 짓고 살던 자리와 공동묘지가
  있다.

아랄, 없는 바다
—— 황야 일기 6

쇄빙선보다 단단한 마음의 칼 앞세우고
지평선에서 지평선까지
폭풍처럼 밀려왔건만, 오래 그리던
대륙 속의 바다는 보이지 않는다
아랄스크 오는 길
체레노작 지나, 좔라가시 지나, 멀리 칼리리나 콜
호즈
카르막치, 꿈골, 주살리 지나
바이코누르 가까운 레닌스크 지나 카잘린스크*
지나
미친 피 검은 새 되어 먼 길 달려와도
기다려주지 않는다, 바다
사납고 파괴적인 냉기, 창날처럼 떠돌 뿐
황폐한 달 비스듬한 하늘 한켠으로
병든 낙타 한 마리, 혼만 남은
부스럼 자국이 모래 호수를 이루었다
헛되고 쓰린 소용돌이
한때 뻘밭이던 삶을 뚫고 간

銃聲!

지금은 몸 드러내지 않는

아랄, 없는 바다

* 체레노작~카잘린스크: 카자흐스탄 중남부 크즐오르다에서 아
  랄 해 인근 아랄스크까지 가는 길의 황야에 있는 지명들.

꿈속의 꿈
—— 황야 일기 7

밤새 낯선 개들 짖고
스산한 별, 희끗 움츠린 어둠
뒤바보* 흉상 홀로 일어나
아득히 걸어간다
캄캄한 날들, 절벽 앞에서
딛고 간 이끼 지금 메말라
투구 쓴 모래알 되어 사방으로 흩어진다
털 빠진 늙은 여우 지나간 자국 같은
쫓기던 삶이 동녘을 겨누고 있다
칼바람 맞으며 두만강 건너고
까마귀 떼 바라보며 황야에 이르렀다
벽에도 귀가 있던** 강퍅한 시절
수직으로 솟구치던 꿈속의 꿈
서리 내린 공동묘지 홍범도 묘역 곁에
별빛 아래 총구 하나 꼿꼿이 걸어간다

* 카자흐스탄 크즐오르다 공동묘지 홍범도 묘역 곁에 일제강점
  기 역사학자 계봉우의 흉상과 묘가 있다. 뒤바보(北愚)라는 호

를 썼던 계봉우는 극렬한 민족주의자며 낭만적 사회주의자였
다. 그는 블라디보스토크로 망명하였다가, 후일 중앙아시아로
강제 이주 당한 후 조선 역사, 민속, 조선어문법 등에 관한 저
술을 남겼다. 「꿈속의 꿈」은 아직 출판되지 않은 그의 자서전
유고 제목이다.
** 스탈린 압제하의 구소련 속담.

다챠*에서
— 황야 일기 8

기르던 개 잡았으니 술 한잔하러 오라는
나타샤 아버지 다챠에는
마른 옥수숫대 우수수 흔들리고
자줏빛 칸나꽃이 버석거렸다
메마른 땅이라도 오래 살다 보면
저 갈대숲도 고향의 보리밭 같아진다는
나타샤 아버지, 독한 술김에
눈가의 주름이 붉고 깊다
──이 나라 살기도 이젠 일 없수.**
──우리끼리 뭉쳐 지내니 함부로 못 허우.
까레이스키 수프*** 한 그릇에 좀풀 뿌려 넣어
고향 손님과 배불리 나눠 먹고
나타샤 아버지 자전거 타고
비틀거리며 건너간다, 맞은편 동네 고려인
오가이**** 집에 초상이 났다며

    * 카자흐스탄 농촌의 주말농장.
   ** '괜찮다'는 뜻의 함경도 사투리.
  *** 개장국.
**** 오가(吳哥: 吳氏)의 러시아식 발음.

알마티 한인 성당
―― 황야 일기 9

알마티 한인 성당에서 주일미사 보고 나니
마당에서 놀던 셰퍼드가 없어졌다
주임신부는 잃어버린 개 찾아다니다
빈손으로 돌아와 화를 낸다

――지난번엔 미사 때 입는 제의까지 집어가고
이젠 도둑 지키라는 개까지 잡아가니
살 수가 없지 않어?

삼십여 명 신자들은 껄껄 웃으며
삼겹살 굽고 라면 끓여
보드카 한 잔씩 나눠 마시고
헤어진다

주임신부는 초코파이 이십 상자를 사들고
백이십 킬로 떨어진 공소를 찾아간다
고려인 아이들과 노인들이 반색을 하고
모여든다

밤 되자 북두칠성이 지평선까지 내려와

주임신부를 이끌고 간다

天山 바라보며
── 황야 일기 10

天山 희미하고 흰 눈 아득하다
지나온 길 잘게 끊어져 바람,
사금파리 품은,
사납게 부서진다
길 따라 걷고 그늘 만나 쉬고
범생이답게 열반을 꿈꾸며
魚道를 따라가는 연어 떼에 섞여
뒤처지지 않으려고 몸부림친 흔적들
칼끝 피해 다닌 삶,
풀어진 수제비 같은,
돌아보고 돌이켜보고 되돌아보다
끌어안는다
무늬 없는 바람 속에 흔들리는
문풍지 소리
빈 수수깡 같은
얼굴들

제3부

여백

감나무 가지 끝에 빨간 홍시 몇 알

푸른 하늘에서 마른번개를 맞고 있다

새들이 다닌 길은 금세 지워지고

눈부신 적멸만이 바다보다 깊다

저런 기다림은 옥양목 빛이다

이 차갑고 명징한 여백 앞에서는

천사들도 목덜미에 소름이 돋는다

기러기 떼

기러기 떼가 깨끗하게 떠간다

기러기 떼는 너무 단정해서

겨울 하늘이 파랗게 질려 있다

상처도 없는 하늘에서

피 냄새가 난다

깊은 호수에 꽃잎 뿌리듯

침묵을 뿌리며

기러기 떼는 얼어붙어 날아간다

천 년 전에도 기러기 떼들은

저렇게 아찔하게 박혀 있었다

오리

언 호수 위를 휘청거리며

오리 한 마리 걸어간다

나비 날듯

흔들리는 방향

하얀 눈덩이

반짝, 부서진다

오리는 제 궁둥이로

고요를 놀고 있다

당나귀 같은 오후

베트남 새댁이 패랭이꽃 같다

방죽가에 염소 몇 마리

염소는 풀 뜯다 말고

과수원 길 쪽을 바라본다

구름이 흰 코끼리 그림자를 만들어

저수지를 덮는다

아기 안은 베트남 새댁이 지나간 길에

당나귀 같은 오후가

꾸벅꾸벅 졸고 있다

달과 고래

달 많이 뜬 하늘

출렁이며 깊어진다

환한 세상, 살결이

매끄럽다

자작나무 몸피가

탱글탱글하다

출렁이는 하늘에

화악,

고래 솟구쳐

박하 냄새 뿌린다

강과 하프

산그늘이 강물을 쓰다듬다

휘파람새를 날린다

새는 메아리를 불러

허공에 술잔 부딪는 소리를 낸다

──다음 생에서는

메아리 대신

하프 소리를 불러오렴.

허공에 물수제비

덩굴장미 피는 날에

끌어안고 울고 싶은

그늘 만들자

하프 소리 울리는

맨살 비비며

거위 소리

솔잎 사이로 거위 소리 들린다

거위 소리는 마른 북어 맛이다

사람의 마을은 마른 북어 맛이구나

거기 광휘로운 진흙밭 있다고

거위는 제 목청껏

평화를 흔들고 있다

홍단풍, 까마귀

살찐 까마귀가

홍단풍 가지 위에

앉아서 운다

까마귀는

삭힌 홍어를 먹었다

홍단풍 그늘 아래

곤쟁이젓 한 종지

觀世音과 崇禮

낙산사 원통보전 불타 무너질 때

관세음보살님 두 눈 딱 감고

불바다 속에 오체투지하시다

寂滅宮이 寶宮인즉,

있음도 없고 없음도 없네.

숭례문 높은 누각 불타 무너질 때

조선 역사 반 천 년 우르르 주저앉아

불바다 속에 대성통곡하시다

國寶가 保國인즉,

있음도 있고 없음도 있네.

적멸에 이르는 길,

독하고 쓰린 길,

觀音은 다시 부처로 남고

역사는 다시 상처로 남아

못난 화상들 내려다보시다

매생이

매생이 풀어 수제비 끓였다

매끄럽고 뜨거운 혀가 혀에 달라붙어

전어보다 달다

풀어진 온기가 밤 기적 소리 내며

말갛게 스민다, 지금도 누구 살갗을

비벼보고 싶은가 보다

수련 하얗게 핀 연못 바라보는

그런 아득함

동행

야광 신 신고 자전거 타는 사람과
시 쓰는 사람이 나란히 걸어간다

황금 양털 같은 바람 불어
자전거 바퀴살에서 빛이 쏟아진다

호랑이 한숨 소리를 감추고 있나?
영산홍 붉은빛도 천하지 않은

달밤

야광 신 신고 자전거 타는 사람이
시 쓰는 사람 속으로 천천히 겹쳐진다

自決

오래 참고, 깊이 생각하다가
시퍼런 칼 아래 목을 들이미는
무사 같은

가을 나뭇잎 사이로
맑은 슬픔이, 번뜩, 스쳐간다

따뜻하면서, 섬뜩한
가을비 내리꽂히는 오후

황금빛 재

무용수 시라이 가츠코가
맨 젖꼭지로 허공을 스치자
눈보라가 쏟아졌다

허공에 멎어 있는 날개
숨 잠깐 막히고
적막 속에 비 내린다

풀잎이 바다를 묶어
시간을 쓸고 있다

불타는 항아리
황금빛 재 한 움큼 흩어진다

칼의 온유

가을 외설악, 계조암 가는 길
바싹 마른 물고기들 허공에 떠 있다

비늘, 온유하면서 날카로운
칼날, 벗은 무용수의 젖가슴 같은

여윈 갈비뼈 사이 속살 만진 자국
빗자루로 쓸어내리듯

붉게 떤다

빛의 고요가 칼의 온유를 만나
무릎 꺾은 자리

화평 속에 오래 깃들었던 기억
유리 그물로 출렁거린다

봄, 사이렌 1

불 켜지지 않은

둥근 식탁

유령처럼 흔들릴 사람들

그림자, 보이지 않는다

새도 없고, 그러므로

공기도 흔들리지 않는다

아그배나무 한 그루가

폭발하기 전의 힘으로

세상을 가득 채우고 있다

봄, 사이렌 2

흰 꽃들이 우박처럼 떠 있다

유리보다 매끄러운

밤

별 틈에 박힌 흰 꽃들이 까무러칠 듯

깜빡인다

아그배나무 한 그루 떠오른 힘으로

벌레들이 자지러진다

꽃 타령

꽃 떨어진 자리 가만히 들여다보다
거기 맺힌 것 이슬 아니라
개꿈 같은……, 백일몽 꾼 흔적인 것을
본다

쓰리고, 아린
연하고 둥근

단단한 껍질 뒤집어쓰고
마른 가지에 맺혀 눈 감고 있을 때

물고기 부레 같은 그늘 어리고
그늘 속에 흐린 키스 깃들어 있다

풍경

풍경이 슬그머니 일어나
엉덩이 털며 돌아설 때

침 묻은 포도 알 하나 굴러
밟힌다 체액 많은 에일리언처럼

낯설다

풍경이 몸을 둥글게 말고
허공을 밀쳐본다

꽃 떨어진 자리다

냄새도
그림자도 남아 있지 않다

풍경이 제자리로 돌아와
희미한

옛사랑의 그림자를 벗어
나무에 건다. 풍경은

나무를
본다

오래된 방석

늙은 거지가 고개를 조금
왼쪽으로 기울이고 천천히
걷는다

햇빛이 거지 부근에서 아지랑이처럼
망설인다

길이 굽은 곳에서 거지가
쉴 때
한 발짝 뒤쳐진 허공에 걸린
그늘도
왼편으로 기울어져 천천히
녹는다

골목이 늙은 거지의 굳은 일평생을 만나
오래된 방석처럼 등을 내민다

골목은 늙은 거지의 아내처럼

운다. 골목은 늙은
거지처럼
늙었다

늙은 거지는 골목을
저승까지 데려갈 모양이다

아이들과 담요

아이들이 담요 쪼가리를 뒤집어쓰고

소낙비 속을 뛰어간다

물웅덩이 하나가

궁뎅이를 흔들면서 킬킬……

놀다가 벗어던진

롤러브레이드 한 짝도

소낙비 속을 뛰어간다

담요 쪼가리를

뒤집어쓰고

82

제4부

달 없는 밤

콘크리트 벽에 기대어 흰 램프들이 폭죽으로 터지는
달 없는 밤
힘세고 검은 청년이 굵고 튼튼한 오줌 뿌린다

나무가 진저리 칠 때
아파트가 무럭무럭 자랄까
아니면, 너무 독해 흔들거릴까

이런 밤이면 오래 잠가둔, 핏속의 문 열리고
다른 생을 살고 싶어진다

청년이 남근을 털면서
달 없는 밤을 찢고 사라진 후
완강한 함성만 남아 어둠을 흔든다

너무 엷은, 반투명의 생을 움켜쥐고
아슬아슬하게 버티어온 줄, 끊어버리고
미친개처럼 폭발하고 싶은, 목련 터지는 밤

'휘청'

눈길에 자동차가 흔들려 휘청거린다

놀라 브레이크를 밟으니 쭈욱 미끄러져

절벽 아래쪽을 향한다

죽는 것보단 부서지는 게 낫지

기어를 급히 1단으로 바꾸고 산비탈 옹벽을

들이받는다.

1초의 반밖에 안 되는 순간에

차만 깨지고 나는 살았다

'휘청'의 순간이 대견스러워

부서진 자동차를 신주처럼 쓰다듬는다

자동차는 독 풀지 못한 뱀이다

한참을 어루만져도 분을 이기지 못해

축 처져 있다.

부서진 자동차는 알이다

알에서 도마뱀 새끼 눈 뜨고 나올 때까지

품어주어야겠다

말하고 시동을 거니

이것 봐라?

'휘청'도 안 하고 스르르 움직인다

시인

물고기가 진흙 속에 헤엄칠 수 있을까?

날개옷 속에 폭탄을 감추고
문 안에 벽을 잠그고

사랑하고, 술 마시고
시를 쓰는 사람

헬리콥터가 망치로 보이고
기차를 유령이라 말하는 사람

황금 거품 위에서 춤추고
거울 속에서 혁명을 꿈꾸며

식충이들! 하고 비웃고
빈 화분으로 하늘을 가리는 사람

제 손으로 제 목을 졸라

눈 부릅뜨고 갈채를 그리는 사람

진흙 그물 속에서
물고기는 울까?

단식 광대

한때 내 안에 살고 있는 단식 광대*를 사랑한 적이
있었다
그림자며 눈물인
혹은 마른 갈치며 독사인
단식 광대는 목마른 들개처럼 짖었다

저수지에 잠긴 의자처럼
단식 광대는 오래 참고 단단해졌다

내가 그를 굶긴 것인지, 그가 식사를 거부한 것인지
구분할 수 없는 지경에 이르도록
나는 내 안의 타인과 맞서 눈 부릅뜨고 지냈다

니은 자로 길게 파인 복부의 상처에 소금 문지르듯
독을 품고 이 악물고
광대가 굶을 때
나는 유령도 긴장한다는 것을 알았다

석탄층 속의 삼엽충 혹은 암모나이트처럼
단식 광대가 단단한 화석으로 굳어져
나를 지배하기까지 나는 내 안의 유령을 끌어안고
살았다 그것은 나의 썩지 않는 추억이다

나는 지금도 내 안의 광대를 사랑하지만
단식 광대는 석탄이 되어 있다

가끔 내 속을 들여다보면
고래가 다녀간 흔적이 남아 있다 알래스카의
바다, 팽팽하고 차가운 휘장을 찢고
가라앉은 부챗살 같은 탄식이 남아 있다

* 프란츠 카프카의 소설 「단식 광대」의 주인공은 곡마단에서 단
  식 기록을 세워 보여주는 일을 직업으로 삼고 있다. 처음 얼마
  동안 사람들은 광대의 단식 기록에 대해 갈채를 보내지만 단식
  이 일상화되자 점차 무감각해진다. 광대는 관객의 무관심 속에
  하얗게 바랜 의식으로 죽음을 맞이한다.

별과 뿔

그 옛날 별 하나 나 하나 손꼽던 사람
아니다, 아니다 우기면서 가을 물소리 듣네

허블 선생 망원경으로 보면 별 하나가 은하수
한 덩이, 한 천억 개쯤 까마득한 별 무더기더라고
고쳐 배운 날 밤, 그 사람 지쳐

가을 물가에 주저앉아 있네
검은 하늘이 끝없이 넓어지고
억만년 전 죽은 별이 던진 빛 바라보며

낮에 본 황소 뿔 생각하네, 그 사람
──오래된, 단단한, 아득한
하늘에 뿔이 가득하면 눈물겹겠지

우리가 뿔인 줄 알았던 집착, 뿔인 줄 여겼던
신념, 뿔이라 생각한 목숨이
한 천억 개쯤 까마득한 허망인 것을

알고 난 그 사람 주저앉아 있네
아니다, 아니다 우기면서 가을 물소리 듣네

뜨거운 봄

출근길 교차로에 신호등이 망가져 있다
빨강, 파랑, 노랑 불이 한꺼번에 켜져 있다

수십 년 동안, 그는
노끈에 매인 염소처럼 살았었다

그 안에서 몸 떠는 맑은 피가
눈물샘 가운데 수정으로 뭉친 것을

한 번쯤 깨뜨려
다른 삶을 살아보라는 듯

작고 노란 꽃잎
우박구름처럼 떠오르는 봄날

뜨거운 입김을 불던 천사 하나가
출근길 교차로에서

수류탄처럼
폭발한다

황혼

둘레에 환한 햇차 냄새 우러나는
구석 흔들릴 때
붉은 유도화 한 그루 몸 떠는 소리
보인다

괴레메* 계곡 동굴 틈에 새겨놓은
예수 어머니의 프레스코화처럼
흐릿하고, 뜯겨지고, 아득한
그런 비밀들 삭아지는 소리도
보인다

너무 투명해 푸른빛으로 갈라지는
빙하 속 같은
기억들
어느 부끄러운 목숨인들
두렵지 않으리

내가 사랑하던 구석들이

몸 떨면서 붉은 유도화 한 그루에

볼 비비는 소리

보인다

* 터키 중부 카파도키아 지방의 골짜기. 초기 기독교 박해 시절의
  프레스코 동굴화가 많이 남아 있음.

천사의 노동

날은 밝고 창은 따뜻하고
벌레 소리 희미하게 울리는
이른 저녁

종일 흙더미를 밀어 올리던
어린 싹 하나가
허공에 무슨 글씨를 쓰며 놀고 있다

무거운 집 지고 가던 달팽이 한 마리
끈적한 침 묻혀놓은
아파트 안 길 돌아보며 놀고 있다

아스팔트 위로 목련 꽃잎 몇 개
어깨에 황사 조금 묻힌 채
툭툭 떨어지며 놀고 있다

날은 흐리고 창은 어둡고
벌레 소리 뚝 끊어진

늦은 저녁

어린 천사가 어린 싹을 다시 밀어 올리고
어린 천사가 늙은 달팽이 등짐을 밀어주고
어린 천사가 짓밟힌 꽃잎에서 황사 먼지를 털어
준다

쭈욱 찢다

손가락에 침을 묻혀 **쭈욱 찢다**
후회한다, 왜 진작 이 생각을 못했을까?

길, 희고 길게 누워 있는, 큰 징 소리 지난 자국
얼굴, 무게 없는 꽃, 마른 거품으로 흩어지는
말, 앙상하고 구부러진 칼
간, 오래 보살펴온 내 사랑스런······
아침, 걸어도 끝 보이지 않는 수평선
날개, 지친 고래의 땀 냄새 배인

모자도, 소독차도, 넥타이도, 봉급날도
젖꼭지도, 시계도, 박태기꽃도, 저수지에 잠긴
혼──수중발레하느라 용쓰던 보수주의자의──도
쭈욱
　찢다!

오! 쭈욱 찢다니!
은퇴하기 전에 나도 칼 한 자루 만질 줄 알게 되려나?

이러다가 나, 이제, 솜털만 남아
羽化하려나? 모래시계 뒤집어놓고
하늘하늘 떠오르려나?

손가락에 묻힐 침이 없을 때까지, 아니
침 묻힐 손가락이 없을 때까지
쭈욱 찢다 소스라친다

움켜쥐고 있다니!
쭈욱 찢은 것들로 더 무거워진 팔뚝!
나는 가라앉는다!

불쑥 내민

어느 젊은 시인이 보낸
『불쑥 내민 손』*이라는 시집 제목에
불쑥 덜미를 잡히는 때 있다

목욕하다 불쑥 내민 아랫도리를 보며
히벌쭉 웃던 젊은 날 대단했었잖어?

어느 징그러운 화상 면상에 대고
불쑥 축복의 말 던져준 중년 시절도
생각하면 괜찮았었잖어?

금낭화 한 줄기 같은
이쁘고 조마조마한 사람 만나며
늙어가고 싶다는 생각도
불쑥 들 때 있지 않어?

그러나 하느님, 당신이 어느 날
불쑥 던져주신 병 끌어안고

아슬아슬한 이승을 헤쳐가다 보면

물고기가 불쑥 개구리가 되고
개구리가 불쑥 도룡뇽이 되고
도룡뇽이 불쑥 너구리가 되고
너구리가 불쑥 멧돼지가 되고
멧돼지가 불쑥 곰도 되고 호랑이도 되다가

이유 없이 불쑥 사람이 되는
그런 맹랑한 망상에 빠지는 때도 있으니

이런 허랑 망측한 생각 불쑥 들 때마다
귀싸대기 번개 번쩍 일도록
혼내주시옵고

세상에 불쑥 내민 목숨 불쑥 꺼지지 말도록
보살펴주옵소서

『불쑥 내민 손』이라는 시집 표지 바라보며
헛된 한 삶의 뒷덜미 움켜잡은
굵고 두터운 손아귀를 만져본다

* 이기성 시집, 『불쑥 내민 손』(문학과지성사, 2004).

꺾꽂이

남루한 생이 제 팔 하나 꺾어
속초 돌섬횟집 앞바다에 꽂아놓고
파도가 팔 쓰러뜨리려고 용쓰는 것을 바라본다

저 장쾌한 울부짖음도 비루하고 초라한 마른 팔 하나
넘어뜨리지 못하는구나, 밤새, 밀려왔다 쓰러지고
부딪쳤다 깨어지는 파도가 제풀에 잦아드는 새벽

옹이 많은 바다에 꽂아놓은 팔 하나
화살 맞은 과녁 되어 눈 부릅뜨고 버팅길 때

수컷으로 사는 일과 누더기로 사는 일
뻣뻣하던 썩은 피와 흑백의 사하라
꾸역꾸역 차오르던 밥과 술과 목메임들

바다 위에 꽂힌, 발기한 성기처럼 우뚝한 팔 하나로
산불 벌겋게 번진 수평선 노려본다

포구에서

하늘 깊은 곳에 날개를 넓게 펴고 갈매기는
미끄러지듯 부드럽게 떠 있을 것으로
생각지 마라

빙하보다 더 짙은 푸름 속에
자유로운 날 있었건만

태풍 몰고 오는 바람에 맞서
허파가 터지도록 막히는 숨을
다스리지 못하는 것들

찢어진 날개로 먼 바다 향해
눈 부릅뜨고 헤쳐 나가
번개처럼 내려꽂히던 날 잊어버린 것들

어두워가는 포구의 피곤한 뱃전에서
썩은 고기나 상한 새우를 빌어먹어
무겁게 살찐 것들이 내 동족이다

바람이 오는 길에
찢어진 기폭처럼
펄럭이던 자유를 잃어버린 무리는
새가 아니다

짜디짠 해풍에 두 눈을 씻고
푸르고 깊은 허공의 과녁을 향해
치솟아 곤두박질치는 나를
비웃는 저것들은 갈매기가 아니다

더러운 사자

남쪽 나라 동물원에서 1달러씩 내고
호랑이와 사자, 품에 껴안아보고
비단구렁이 목에 두르고 기념사진 찍고 난 후
나는 맹수들을 가벼이 여기는 못된 버릇이 생겼다

복종과 굴욕에 길든 사자에게 내가 '더러운 놈!'
하고 욕할 때, 사자는 더운 콧김을 내뱉으며
갈빗대를 거칠게 들썩일 뿐
말이 없었다. 말하는 일도 귀찮다는 표정으로
침을 흘렸다
아마 당뇨나 해소를 앓고 있는 것 같았다

──철들면서 나는 맞고 길들었다 개들과 함께
채찍과 막대기, 등짝을 후려치는
시뻘건 핏자국과 짓무른 생채기가
내 길이었다 맞을수록 나는 사육사가
좋아졌다 매가 없으면 고기도 없고
고기가 없으면 내일이 없는 것을

아는 것은 죄가 아니다 매를 기다리는
나는 사자가 아니므로

──묻지 마라 나는 안다 내가 노예인 것을
바람벽에 똥칠하며 버티는 네놈보다
더 더러운 삶을 버티어가도
내 목숨은 내가 끌고 간다

──웃지 마라 나는 안다
더러운 사자하고 사진 찍은 놈들 중에
노예 아닌 놈 한 놈만 있었더면
콱 물어 죽이고
나도 벌써 사자로 돌아갔을 거다

남쪽 나라 동물원에서 더러운 사자 품에 껴안고
기념사진 찍고 난 후, 나는 야성을 잃은 맹수들과
추한 논쟁에 빠지는 못된 버릇이 생겼다

현존에서 영원으로
— 문신 조각

빛을 오래 바라보면 그늘이 되고
별도 오래 바라보면 어둠이 되듯
바위도 오래 바라보면 바람이 되고
무쇠도 오래 바라보면 허공이 된다

둥글고 희고 단단한 날개 품고 있는
쇳덩이 오래 바라보다 문득 깨닫는다
고독도 오래 바라보면 선율이 되는 것을

돌덩이 어루만져 하늘을 품게 하고
파도와 태양과 나무와 알과
불과 흙과 에덴과 여인과
염소와 석양과 눈물과 포옹 들도
오래 바라보면 화음이 되는 것을
다시 깨닫는다
바라보고, 바라보고, 바라보다가

갇힘 속에 깃든 열림

현존 속에 깃든 영원
퍼덕이며 환해지는 날갯짓 소리
아득한 우주의 저편으로 교신하는
신호음

부드럽고 둥글고 매끄럽고 따뜻한
바람 소리, 파도 소리, 휘파람 소리

하느님의 항아리
── 김수환 추기경

지상에서 가장 크고 맑고 따뜻한
항아리 하나 오래 내려다보시던 하느님
외로우셨을까?
그 항아리 불러 올려 품에 안으셨네

항아리 속에 가득한 눈물과 미소
항아리 속에 가득한 연민과 헌신
항아리 속에 가득한 용기와 사랑
하늘에 불러 올려 쓰다듬으시네

항아리, 지상에서 가난한 이들 눈물 닦으셨으니
하늘에서 평화로 위로받으시네

총구 앞에선 정직한 용기
탐욕 앞에선 정결한 희생
암흑 속에선 빛나는 등불
이제 어느 항아리 있어 길 비춰주리

외롭고 병든 이와 억울한 이들
이제 어느 항아리 품에 안겨 울 수 있으리

지상에서 제일 온유하고 정직한
웃음과 손길과 가슴을 지닌 항아리
오래 바라보시던 하느님
외로우셨을까?
그 항아리 불러 올려 품에 안으셨네

하느님의 항아리 하늘에 녹아
사랑으로 흐린 세상 씻어주시리
하느님의 항아리 하늘에 빛나
향기로운 촛불 자국 따뜻하리라

땅끝 가는 길
—— 조선방역지도

땅끝 가는 길, 보리 파랗다
하늘, 바다, 새소리……
황톳길 너머 아득한 낮 안개
이 길 따라 걷고 또 걷던
흰옷 입은 백성들 손에 손 잡고
조선은 내 땅, 내가 지키리
남녘 바닷가, 북녘 산골짝
붉은 피 흘려가며 쓰다듬은 흔적들
조선방역지도 오래 바라보면
들린다
희고 쟁쟁하고 청청한 음성들
이 땅, 이 길, 이 하늘, 이 바다
꽃보다 여릿하고
달보다 애틋하고
해보다 눈부신
흰옷 입은 백성들 발자국 소리
조선방역지도 오래 바라보면
거기 겹쳐진

땅끝 가는 길, 보리 파란 길
황톳길 너머 아득한 낮 안개
끌어안고 울고 싶은
하늘, 바다, 새소리……

첫날 아침으로
── 'ㅌ'에 부쳐

태초에 'ㅌ'이 있었다

하느님이 세상을 만드신 첫날 아침
하늘과 땅 사이에 지평선이
솟아오르고
하늘과 바다 사이로 수평선이
나타났다
어둠을 쪼개고 빛이
터질 때
씨앗에서 단단한 껍질들 깨트려져
생명이 움터났다

대지는 소스라쳐 제 몸을 열고
바람은 솟구치며 눈보라를 휩쓸고
구름은 무너지며 비를 쏟아냈다

태초에 'ㅌ'이 있었다

하느님이 세상을 만드신 첫날 아침
개나리와 동백과 목련과 찔레꽃이
툭!, 턱!, 톡!, 탁!
대기를 찢으며 꽃잎을 터트리고
가물치와 잉어와 날치와 고래들이
툭!, 턱!, 톡!, 탁!
수면을 깨트리고 힘차게 솟구쳤다
때까치와 종달새와 송골매와 독수리가
툭!, 턱!, 톡!, 탁!
빛을 두들기며 찬란하게 노래하였다

아름답고, 눈부시고, 황홀하고, 아찔하여
하느님도 잠깐 냉정을 잃으셨나?
마침내, 사람을 만들고 손 씻고 돌아서자

탕!

사람은 총을 만들었다

사람은 기계를 만들었다
사람은 적을 만들었다
사람은 죽음을 만들었다

태초에 'ㅌ'이 있었으니
'ㅌ'으로 돌아가자!

지금은 잃어버린
첫날 아침으로 돌아가자!

지적 절제와 존재의 찬란한 전환

문 혜 원

1. 세속적 신성성, 천사

시집 『수도원 가는 길』이 출간된 지 6년이 지났다. 조창환의 일곱번째 시집인 이번 시집은 그 시간의 흐름을 말해주듯이 적지 않은 변화를 담고 있다. 신성한 것에 대한 갈구는 여전하지만 시의 소재와 배경은 일상의 삶에 보다 가까워졌다. 그의 시에서 종교 혹은 신은 절대적인 믿음이나 추상적인 관념이 아니라 생활 속에서 육화된 것이다. 그는 하느님을 말하는 대신 하느님의 현존을 증거하는 '천사'에 대해서 말한다. 이때 천사는 '천사 같다' 혹은 '천사표'처럼 속화된 비유가 아니라, 하느님을 보좌하고 하느님의 뜻을 전달하는 존재인, 신성성을 가진 종교적 의미의 천사이다. 그는 '천사'를 하나의 존재로 형상화함으로써 세속적인 신성성을 창조해낸다.

그의 시에서 천사는 항상 사람 옆에 있으면서 사람의 삶을 지켜보는 보이지 않는 '눈〔目〕'과 같은 것이다. 지하철 안에서 수화를 하는 벙어리 두 애인, "꽃병 든 손 모양 만들었다가/파도 안은 물새 모양 만들었다가/검정 저고리 입고 강 건너편에서 손짓하는/관음보살 닮은/처녀"와 "트럼펫 부는 소년 모양이다가/얼룩소 따라가며 쟁기질하는 모양이다가/까치밥 파먹는 가을 하늘/까마귀 닮은/청년"은 혼탁한 세상과 대비되는 '천사'에 비유될 수 있겠지만, 정작 이들을 바라보는 천사는 따로 있다. 그리고 그 천사는 둘을 말없이 지켜보다가 지하철에서 먼저 내린다("뭐 도와줄 일 없을까 하고 기웃대던/자루옷 입은 천사는/늘어지게 하품 한 번 한 후/먼저 내린다" ──「애인 둘」). 벙어리 두 애인은 그들 자체만으로 아름답고 만족스러우므로 따로 할 일이 없는 것이다.

그런가 하면 천사는 인간의 옆을 지키다가 보이지 않는 손을 내밀어 인간의 삶을 돕기도 한다. 인큐베이터 안 팔삭둥이의 생명을 지키거나("굳은 혀로 얼음 핥으며/환해지는 하늘 쳐다보던/천사는//반짝이는 눈송이 하나에/입김을 불어넣고/제 집으로 돌아갔다" ──「눈 내린 아침」), 어린 싹을 밀어올리고 늙은 달팽이 등짐을 밀어주기도 한다("어린 천사가 어린 싹을 다시 밀어 올리고/어린 천사가 늙은 달팽이 등짐을 밀어주고/어린 천사가 짓밟힌 꽃잎에서 황사 먼지를 털어준다" ——「천사의 노동」). 이때 천사는 생명의 활동을 돕는 구체적인 힘이다.

인간 옆을 지키는 천사는 인간의 마지막 죽음 길까지 지켜보고 그의 영혼이 이승을 떠날 때까지 동행한다. 죽음을 기다리는 시간, 임종을 앞두고 숨이 끊어지지 않아서 아직 지상에 머무르는 목숨은 질기고 힘들다. 천사는 지켜보고 있을 뿐, 목숨이 스스로를 내려놓아야만 비로소 숨이 다하는 것이다.

> 온기가 몸을 떠나기란 이토록 어렵구나, 늙은이
> 목에 뚫린 작은 구멍으로 긴 터널이 들여다보인다
>
> 질기고 끈끈한 숨이 청년과 늙은이와
> 기다리는 천사 사이에 황토 빛 강을 만들었다
>
> 아무도 모른다, 저렇게, 오래, 기다리는 천사까지도
> 강 건너, 터널 지나, 구멍 열리면
>
> 캄캄 절벽일지, 빛 부신 폭포일지
> 아무도 모른다, 저렇게, 오래, 기다리는 천사까지도
> ——「구멍」 부분

여기서 '구멍'은 임종을 앞둔 늙은이가 영양분을 흡수하

는 통로이기도 하고, 목구멍이기도 하고, 다른 세상으로
연결되는 입구이기도 하다. 천사까지도 "강 건너, 터널 지
나, 구멍 열리면" 만나게 될 세상이 절벽일지 폭포일지 알
지 못한다. 이런 면에서 천사는 인간이 사는 세상에서 크
게 초월해 있지 않다. 인간 옆에서 인간의 일을 지켜보고
이따금 약간의 도움을 보탤 뿐, 스스로 초월적인 힘이나
의지를 가지고 인간의 삶에 개입해 인간을 인도하지는 않
는 것이다.

다만 천사는 만물을 볼 수 있는 눈을 가지고 있어서 인
간의 내장 기관과 영혼까지를 속속들이 들여다본다. 노망
난 늙은이의 검은 혼에는 똥 자국, 손자국, 핏덩어리, 그
동안 살면서 박힌 삶의 크고 작은 옹이들이 엉겨 붙어 있
다. 천사는 그것을 보고 안쓰러워 약간의 산소를 불어넣는
다. 죽어가는 혼과 한두 마디의 대화를 나누고, 그리고 난
후 천사는 기다린다.

산소 조금 들이마셔 눈 희미하게 뜬
혼은 다시 중얼거린다
──당신 때문에 죽음이 안 와.
천사는 내시경을 알코올로 닦고
돌아서서 날개를 벗는다
──죽음이 안 와? 나 때문에?
중얼거리며 쓰레기통을 걸어차다

되돌아와 내시경을 버리고 간다   ——「내시경」 부분

　죽어가는 혼과 천사의 대화는 사람들이 일상적으로 나
누는 대화와 다르지 않다. 죽음이 오지 않는다고 혼은 천
사에게 투덜대고, 천사는 자신의 공도 모르고 투덜거리는
혼에게 토라져서 가버린다. 하느님의 뜻을 전달하는 신성
한 천사의 이미지 대신 세속적인 행위를 하는 인간화된 천
사가 있을 뿐이다. 시인은 이처럼 '천사'라는 단어에 둘러
씌워진 베일을 벗겨내고 인간의 삶과 함께하는 천사를 형
상화해낸다. 그것은 하느님의 현존을 보여주기 위해 존재
하므로 존재의 신성성을 드러내는 것이지만, 지상의 생명
의 모든 일에 관여하는 세속적 신성성을 갖는다. 천사는
천상의 존재가 아니라 세상의 생명과 가장 가까이 있으며
그것의 삶을 유지하는 데 도움이 되는 신비한 노동을 행하
는 존재인 것이다.
　'천사'는 가톨릭적인 상징임에 분명하지만, 그렇다고
해서 그의 시가 가톨리시즘 하나로 귀결되는 것은 아니다.
그의 시에는 "천축(天竺) 가는 길" "극락"(「새」) 등 불교
적인 상상력을 보여주는 단어들이 종종 섞여 있다. 중요한
것은 가톨릭인지 불교인지가 아니라 그 시들 속에 일관되
게 나타나는 기도의 자세이다. 지향하는 곳이 천국이든,
극락이든, 천축이든 공통점은 모두 신적인 것, 절대자를
향해 기도하고 있다는 점이다. 새는 놋대접의 맑은 물에

몸을 씻은 뒤 (아마도 부처님께) 큰절을 올리고(「새」), 낙타는 시나이 산을 향해 돌밭을 걷는다(「낙타」). 몸을 씻고 걷는 행위는 그것 자체가 구도이며 종교적인 예배가 된다. 따라서 그의 시의 종교성은 인간이 지닌 종교적 심성 일반으로 확대되며, 그러한 심성에 대응하는 삶의 양식, 구도의 자세 일반을 포함한다.

2. 죽음에 대한 인식과 지적 절제

이번 시집에서 시인은 죽음을 중요한 소재로 하고 있는데, 이는 지금까지의 그의 시와 비교해볼 때 큰 변화라고 아니할 수 없다. 이전의 시들이 삶의 향기에 매혹된 시인을 보여주었다면, 이번 시집의 시들은 죽어 있는 것들과 죽어가는 것들에 초점이 맞추어져 있다.

'죽어 있는 것들'은 인간이 만들어낸 사물인 마네킹(「마네킹」), 관세음상(「觀世音과 崇禮」), 자동차(「'휘청'」) 같은 것들이다. 일상의 눈으로 보면 이것들은 생명이 없는 도구적 존재일 뿐이다. 마네킹은 옷을 전시하기 위한 모형이고, 관세음상은 기도를 위한 상징물이며, 자동차는 인간을 실어 나르기 위한 수단이다. 그러나 조창환의 시에서 이것들은 각각 그 나름의 정령을 가지고 있어서, 대화하고, 삐죽거리고, 툴툴거린다.

입술 삐죽 내밀며 아랫도리 오므리는
저것들이 구미호 다 된 줄을
오늘 처음 알았다

퇴근길엔
학교 운동장에 세워둔 내 늙은 자동차도
너무 오래 쓸쓸한 어둠 속에 떨었노라고
암내 맡은 나귀처럼 툴툴거렸다   ──「마네킹」부분

시인은 오늘 비로소 십 년 넘게 지나쳐온 양장점의 마네
킹들이 서로 대화를 나누고 있다는 것을 알아챈다. 그것을
깨닫자 오래된 자동차의 툴툴거리는 소리도 들린다. 삶의
냄새에 취했던 시절에는 몰랐던, 생명 없는 것들의 생명
냄새가 비로소 훅 끼치어오는 것이다. 시인은 이제 도를
닦아 사물의 소리를 듣는 경지에 오른 것일까? 그러나 그
는 세상의 이치를 깨달았다는 듯한 도통한 포즈를 취하지
않는다. 단지 자신을 둘러싼 것들과 함께 살고 있었음을
깨닫는 것뿐이다. 마네킹도 차도 낡고 한창 시절의 빛을
잃은 것들이다. 시인이 새삼스럽게 이것들을 돌아보게 되
는 것은, 그 또한 한창인 시절을 지나왔고 나이가 들었음
을 인정하는 자연스러운 일이다(「불쑥 내민」). 그는 옹벽
을 받고 부서진 자동차에게 아프지 않느냐고 말을 건다.

다독거리며 시동을 거니, 마치 차에도 정령이 있는 것처럼 부서진 자동차가 스르르 움직인다("부서진 자동차는 알이다//알에서 도마뱀 새끼 눈 뜨고 나올 때까지//품어주어야겠다//말하고 시동을 거니//이것 봐라?//'휘청'도 안 하고 스르르 움직인다" ──「'휘청'」). 이것을 두고 시인은 '자동차의 정령'이라고 표현한 바 있지만(산문「사물의 정령」), 그 의미는 시인이 애니미즘을 신봉하게 되었다는 것이 아니라 오래된 것들이 익숙해지고 편안해졌다는 것이다. 쳐내고 끊어버리는 것이 능사가 아니라, 사람의 몸이나 물건이나 생물이나, 소중하게 달래고 아낄 줄 알게 된 것이다. 가느다란 것, 연한 것(「눈 내린 아침」), 마른 것(「성가 양로원」 「갈피」)에 대해 주목하는 것 또한 마찬가지다.

'죽어가는 것들'은 이번 시집에서 특히 주목되는 소재이다. 죽음을 앞둔 사람(「구멍」「내시경」)과 이미 죽어 영안실에 안치되어 있는 사람(「웃고 있네」) 들을 보며, 시인은 죽음을 정면으로 찬찬히 인식하고자 한다. 목에 구멍을 뚫어 호스를 연결한 채 연명하고 있는 노인에게서 임박한 죽음을 보고(「구멍」), 친구가 누워 있는 영안실에서는 친구의 혼이 일어나 영안실을 돌아다니는 것을 본다(「웃고 있네」).

　　말갛게 머리 빗겨 볼 붉은
　　노파, 안나

마른 구절초
책갈피에서 툭 떨어지듯

팔락
흔들린다

노인들 꽃게 거품같이
낮게 웃는다

바람 희게 기울어지는
성가 양로원   ——「성가 양로원」 부분

　아름다운 이 시의 배경인 '성가 양로원'은 죽음과 삶이
공존하는 곳이다. 흰 머리카락을 한 베드로닐라 수녀님이
노파 안나의 저승길을 연도하고, 남은 노인들 맑고 낮게
웃는 그곳. 노파 안나는 병들었던 몸을 정갈하게 가다듬고
볼을 붉히며 저승길을 기다리고 있고, 바람은 희게 기울어
지며 그녀의 이승에서의 마지막을 지켜보고 있다. 낮게 웃
고 있는 노인들, 흰 머리카락을 한 수녀님, 고적한 양로원
풍경, 모두 조용하고 평화롭다. 죽음은 슬프거나 공포스러
운 것이 아니라 편안하고 맑고 새로운 것이다. 볼이 붉다
는 것은, 육신의 죽음이 끝이 아니라 알 수 없는 새로운

세상의 시작이라는 생각을 상징한다. 이러한 생각은 다음 시에서 공간의 이동으로 표현되어 있다.

이모가 죽자

이모네 석류나무도 말라 죽었다

이모는 늙어

삭정이 되어 부서졌지만

무성하던 석류나무는

한 계절에 따라 죽었다

[……]

이모네 석류나무

고양이 돌아오듯

다음 세상으로 살금살금

건너갔다   ──「이모네 석류나무」 부분

　이모가 죽자 멀쩡하던 석류나무가 갑자기 말라 죽었다.
그 모양을 시인은 고양이처럼 "다음 세상으로 살금살금/건
너갔다"고 표현한다. 발정기가 되어 집을 나갔던 고양이가
어느 날 아무렇지 않게 돌아오듯이, 삶은 어느 날 그렇게
죽음으로 돌아간다. 삶이 원래 상태인지 죽음이 원래 상태
인지 알 수는 없지만, 확실한 것은 삶과 죽음이 나란히 연
결되어 있다는 것이다. 고양이가 담을 넘어가듯이, 석류나
무 또한 죽어서 다음 세상으로 넘어갔다. 죽음은 마치 삶
과 연속되어 있는 공간상에 놓여 있어서 자리를 옮겨 가는
것처럼 표현된다. 목구멍 끝에 다른 세상으로 통하는 구멍
이 있을 것이라는 생각(「구멍」)과 같은 발상이다. 이는 불
교의 윤회설이나 장자몽처럼 철학적으로 죽음을 해석하는
것이 아니라 시각적이고 구체적인 경험의 연장선상에 죽음
을 배치하는 것이다. 그럼으로써 '죽음'이라는 소재는 그
것이 흔히 불러일으키는 공포와 슬픔 같은 감정을 벗고 건
조하고 담담해진다.
　사실상 이러한 담담함은 시인이 각별히 공을 들이고 있
는 것처럼 여겨지기도 한다. 벚꽃잎이 하르르 지는 것에
숨 막힘을 느낄 만큼 섬세한 감수성을 보여주었던 시인은,
이번 시집에서는 정반대로 감정의 습기를 최대한 빼고("기
억에서 습기를 말갛게 털어내고"──「갈피」) 대상을 객관적

으로 바라보고자 한다. 젊은 시절의 시선이 대상을 감정적으로 포착한 것이었다면, 지금은 대상을 지적으로 포착하고 해석하려는 것이다. 그는 명료하고 객관적인 시선을 유지함으로써 자칫 느슨해지기 쉬운 삶의 타성에서 벗어나고자 한다.

3. 내면의 성찰과 삶의 회한

2부 '황야 일기'는 그 연장선상에서 놓여 있다. 이 시들은 카자흐스탄을 여행하면서 쓴 것들인데, 여행지의 풍경과 감상을 적는 일반적인 여행시와는 달리 오히려 시인의 내면에 대한 성찰이 두드러지는 것이 특징이다.

새 없는 하늘

아득한 바람

소금기 솟아오른

마른 땅, 갈대숲

가슴팍에 흐린 눈썹 몇 금

어설픈 飛白처럼 퀭하고 낯선

시간   ——「飛白——황야 일기 1」전문

이 시에 그려진 황야는 새 한 마리 없는 하늘에 가물어 소금기가 올라 있는 팍팍한 땅, 갈대숲만이 있는 황량한 땅이다. 시인이 그 한가운데 자신을 세우고 "퀭하고 낯선// 시간"을 감내하고 있는 이유는 무엇일까? 그것은 자신의 존재를 천착하고자 하는 의지 때문이고, 그 의지는 신, 죽음, 존재와 같은 시적 화두들과 연결되어 있다. 오직 시인 자신과 하늘과 땅만이 남아 있는 공간. 그곳은 신과 가장 가까이 독대하는 공간이자 삶과 죽음을 동시에 볼 수 있는 극한의 공간이다. '황야'의 고적함은 인간의 손을 거부하는 결연한 의지마저 느끼게 한다("마르고 붉은 땅, 소금 뿌리는 바람/명왕성 가는 길인가/——다가오지 마라/낯선 신호음만 컹컹 울리는/길 끝에 붉은 해가 솟아 있다" ——「붉은 해——황야 일기 4」). 그곳에서 시인은 자신이 지나온 시간들을 돌아보고 찬찬히 인식하고자 한다.

이번 시집에는 시인이 전환점에 서 있다는 자각이 두드러지게 나타난다. 그것은 개인적인 삶의 일정과 육체적인 시간, 아울러 시의 방향까지 시인의 삶 전반에 걸쳐져 있는 문제이다. 전환점에서 그는 자신의 삶을 구구절절 늘어

놓기보다 여행에서 마주치는 장삼이사의 사람들의 삶을 바라봄으로써 자신의 기억과 거리를 둔다. 사람은 누구나 자신의 기억을 왜곡하고 조작하기 마련이기 때문이다. 타인의 삶을 본다는 것은 자신의 삶에 거리 두기를 시도하는 것이며, 여행은 그러한 환경을 조성하는 것이다.

시인은 일부러 이주한 고려인 후손들이 살아가는 마을을 찾아다닌다. 그가 찾아간 고려인 마을들은 독립투사 홍범도와 역사학자 계봉우의 묘지가 있고, 스탈린에 의해 강제 이주 당한 고려인들이 질기고 모진 목숨을 이어온 가슴 아픈 역사를 가진 곳이다. 그곳에서 시인은 조상들의 자취를 확인하고 그 후손들의 삶의 이야기를 듣는다. 역사적인 사실들은 이제 시간 속으로 사라지고, 남아 있는 것은 이주 1세대의 쓸쓸한 삶의 단편이다.

> —연분홍 치마에 봄바람이
> 아버지 고향이 함경도 어디라는
> 고려인 할머니는 효자 아들 덕에
> 곱게 늙었다
> 그렇게 천 년이 빈터로 남아 있어
> 내 한평생 스산한 그늘 밑에
> 낮꿈 꾼 듯하다는 할머니
> 고향 노래 한 자락 붙잡고 산다
> ──「천 년의 빈터──황야 일기 3」부분

남편이 총 맞아 죽고, 한 달 넘게 웅크리고 실려 온 곳에서 볍씨를 뿌리고 논농사를 지으며 평생을 살아온 할머니는 "내 한평생 천 년도 넘겠노라고" 담담하게 웃는다. 신산한 삶의 기억들조차 낮꿈을 꾼 듯하다는 할머니의 말은, 인생은 결국 꿈과 같이 덧없고 모든 것은 '비어 있음'으로 돌아간다는 메시지를 함축하고 있다.

시인은 황야를 여행하며 인생의 회한과 허무를 다시 마주하게 된다. 이미 『수도원 가는 길』에서도 발견되는, 낯익은 결론이다. "돌아보면 시커먼 구름 기둥/저 무참한 폭우를 뚫고/지나왔구나 삶은 한 가닥/바람인 것을"(「길」)에서 느껴지는 쓸쓸함은 여전히 유지되고 있다. 달라진 점이 있다면, 이번 시집의 시들은 보다 구체적이며 생활적이다. 구도자와 같은 자세로 '외로운 결의'(「수도원」)를 다지는 것이 『수도원 가는 길』이었다면, 이번 시집에서 시인은 현실에서 살아가는 주변의 사람들과 일들을 돌아보며 인생의 구체적인 면면들을 아프게 새기고 있다.

그 결과, 늘 모범생처럼 줄을 맞춰 살아온 자신의 삶, "풀어진 수제비 같은" 그 삶의 시간들을, 시인은 "돌아보고 돌이켜보고 되돌아보다/끌어안는다"(「天山 바라보며──황야 일기 10」). 삶의 회한과 허무를 그것 자체로 끌어안는 것이다. 이 끌어안음이 시인의 시에 어떤 변화를 가져오는지는 3,4부의 시들에서 나타난다.

4. 폭발의 갈망과 존재의 전환

흥미로운 것은 여행에서 얻은 회한과 허무가 오히려 새
로운 폭발을 꿈꾸는 에너지로 변환되고 있다는 점이다. 그
는 스스로의 정체성을 주저 없이 '시인'이라고 규정한다.
'시인'은 진흙 속에서 헤엄치는 물고기와 같아서 세상에 잘
적응하지 못하고 일상적인 논리와도 맞지 않는 사람이다.
일상에 섞이어 잘 살아가는 사람들을 '식충이'라고 비웃지
만 결국에는 "제 손으로 제 목을 졸라" 그것으로 시를 쓴
다(「시인」). 그는 마음속에 '단식 광대'를 품고 속화된 삶
에 맞서며 살아간다.

그러나 조창환은 현재 자신의 삶을 단식 광대가 석탄이
되어버린 상태라고 진단한다(「단식 광대」). 이러한 자신의
모양은 "노끈에 매인 염소"(「뜨거운 봄」), "비루하고 초라
한 마른 팔 하나" "누더기로 사는 일"(「꺾꽂이」) 등으로
표현된다. 순수가 과학의 합리성에 비추어 무지가 되고 신
념과 목숨이 까마득한 허망이 되는 세상에서 그는 "아니
다, 아니다 우기면서" 주저앉아 있다(「별과 뿔」).

그러나 이 주저앉음이 포기와 좌절로 끝나지 않는다는
데 조창환 시의 반전이 있다. 그는 자신의 삶이 일상의 논
리에 매어 있다는 것을 인정하고, 이제 그것을 깨뜨리고자
한다. 비루한 삶의 시간을 정지시키고 삶의 구심력에서 벗

어나 일탈하고자 하는 것이다. '폭발'은 시인의 회한과 그
를 바탕으로 한 강렬한 생의 충동이 집약된 단어이다. 그
것은 위태롭고 무모해 보이는 젊은 날의 충동과는 달리 치
밀하고 집중된 욕망이다.

　　달 많이 뜬 하늘

　　출렁이며 깊어진다

　　환한 세상, 살결이

　　매끄럽다

　　자작나무 몸피가

　　탱글탱글하다

　　출렁이는 하늘에

　　화악,

　　고래 솟구쳐

박하 냄새 뿌린다   —「달과 고래」 전문

    아마도 '滿月'을 의미하는 "달 많이 뜬 하늘"은 출렁이며 깊어간다. 출렁인다는 것은 밤이 깊어갈수록 달이 멀어지면서 느껴지는 하늘의 깊이감을 표현하는 것이다. 시인은 정지된 풍경 뒤에 감추어진 웅성거림을 찾아내는데, 그것은 폭발하고 싶은 시인의 심적 상황이 반영된 것이다. 「달 없는 밤」「뜨거운 봄」「달과 고래」「봄, 사이렌 2」 등은 비슷한 정황들을 소재로 한 시들이다.

    그중에서도 「달과 고래」가 특히 아름다운 것은 '화악' 고래가 솟구쳐 박하향을 퍼뜨리는 말미 부분 때문이다. 숨어 있는 자아를 상징하는 '고래'의 이미지는 「단식 광대」에도 나타나지만("가끔 내 속을 들여다보면/고래가 다녀간 흔적이 남아 있다 알래스카의"), 이미 『수도원 가는 길』에서부터 등장했던 것이다("달고 짜릿한 물은 저 검은 향유고래/붉은 허파 속살 거쳐 터져나온/한숨을 안고 터진다, 폭죽처럼/기다려라!/내 깊이 잠수하기 전, 한 번 더/세상을 울리는 한숨 터뜨리고 사라지리" —「바다와 고래」). 내면 깊이 숨겨져 있던 '고래'는 머뭇거림과 망설임을 떨쳐내고 한순간에 '화악' 솟구쳐 오른다. 결연함과 강렬함을 축적한 단어인 '화악'은 비루한 삶의 공간을 단번에 벗어나는 통쾌함을 안긴다. "반투명의 생을 움켜쥐고/아슬아슬하게 버티어온 줄"(「달 없는 밤」)을 단숨에 끊고 허공으로 비약하는 것이

다. 그 단 한 번의 비상으로 하늘에서는 알싸한 박하 향기가 뿌려진다. 삶의 회한이 앞으로의 날들을 살아낼 에너지로 전환되는 순간이다.

이러한 전환은 시에도 중요한 영향을 미친다. 3부의 시들은 이번 시집에서 가장 회화성이 두드러지는 묘사가 강한 시들이다. 시인은 이미지가 선명한 단시들을 여기에 모아놓고 있는데, 그 이미지들은 대상에 대한 묘사이면서도 스케치만으로 끝나지 않는다. 풍경을 소재로 한 이전의 시들이 객관적인 대상 묘사에 초점을 맞추고 있었다면, 이번 시집의 시들에 나타나는 풍경은 하나같이 시인에 의해 재해석된 것들이다. 풍경에 깊이가 생겼다고 할까. 풍경은 그 안에 흐름과 연관을 가지고 있고 시인은 그 흐름의 중요한 일부분을 이루고 있다. 예를 들어 『피보다 붉은 오후』에 실려 있는 다음 시와 위에 나온 「달과 고래」를 비교해보자.

소스라치게 깊은 하늘 속으로
풀잎 같은 초승달 걸려 있다

참대숲이 우수수 흔들리고
작은 새 하나 빠르게 솟구친다

날 선 바람이, 흐윽, 스쳐가고

핏자국 같은 비명 쏟아진다

살아야겠다 칼 맞은 정신으로

　　　　　—「동지」(『피보다 붉은 오후』) 전문

　두 시 모두 달이 있는 밤하늘을 배경으로 하고 그에 대
응하는 시인의 정황을 그려내고 있다. 그러나 「동지」에서
초승달 뜬 하늘, 참대숲, 새, 바람은 시인의 공간적 배경
일 뿐이다. "핏자국 같은 비명"은 아마도 참대숲에 부는
바람 소리일 텐데, 그것을 듣는 시인은 '칼 맞은 정신으로
살겠다'고 다짐한다. 풍경과 시인은 분리되어 있고, 시인
은 풍경에서 깨달음과 의지를 얻어낸다. 게다가 풍경은 고
정되어 있다. 숲이 흔들리고 새가 날지만 그것은 실제 보
이는 풍경을 묘사한 것일 뿐 시인의 해석은 아니다.
　이에 비하면 「달과 고래」에서 하늘은 그 자체가 진행형
으로 깊어지고, 자작나무 몸피는 탱글탱글하고, 세상의 살
결은 매끄럽다. 시인은 보름달 뜬 달밤의 청명하고 부드러
운 느낌을 "살결이//매끄럽다"고 표현한다. 풍경은 그것
자체가 부피를 지니고 있고, 시인은 그것을 시각과 촉각과
후각으로 풍부하게 표현해낸다. 덕분에 「달과 고래」에 나
오는 모든 풍경들—하늘, 세상, 자작나무—은 상상의
고래와 함께 출렁이고 솟구친다. 보름달 뜬 밤 풍경은 그
렇게 모든 사물이 살아나서 꿈틀거리고 있다. 폭발을 꿈꾸

는 시인의 갈망이 죽어 있는 풍경들에 생기를 불어넣고 요동치게 하는 것이다.

물론 사물과 대화하고 사물의 이면을 읽어내는 것은『피보다 붉은 오후』에서도 시도되어온 것이다. "가을 잠자리 파르르 떨고 있는/풀잎 속을 가만히 들여다보면/토마토 국물 같은 눈물 자국이/떨고 있는 것도 보인다"(「풀잎」)에서처럼, 풀잎 하나에서 눈물 자국을 찾아낼 수 있는 섬세한 감성은 대상에 대한 이해와 연민으로 가득 찬 것이었다. 풍경에서 꿈틀거림을 읽어내는 시인의 시선은 이러한 감수성에 바탕한 것이다. 달라진 것이 있다면, 시인의 태도가 좀더 적극적이고 활동적인 것으로 바뀌었다는 점이다. 이전의 시들이 대상을 찬찬히 살피며 그것들의 작은 목소리들을 대신 옮겨주는 입장에 있었다면, 이제 시인은 대상들을 깨워 흔들고 자신도 그 풍경의 일부가 된다. 풍경과 시인은 하나로 어우러져 꿈틀거리며 생생하게 폭발한다. 죽음을 인식하고 삶을 반추하는 지점에서 이만한 집중력과 강렬함을 담보한다는 것은 결코 쉬운 일이 아니다. 그것은 존재의 전환에 값하는 중대한 행위인 것이다. 찬란하지 않은가! ▨